ELLA ME DIO SU
NÚMERO
A OTRA DIMENSIÓN

John M3 Frame

2020

Quiero que sepan que ahora que sé todo lo que sé, las palabras fluyen como magia, como el día que comenzó todo.

Yo estaba fingiendo chatear, pero lo que realmente estaba haciendo era fijarme en las chicas que entraban a la universidad, ya era como un hobby a veces las seguía y les intenta hablar, otras veces solamente las veía pasar, pero no me esperaba esa gran sorpresa, la chica que entró con su porte de modelo, la chica de cabello castaño, de piel blanca, de ojos cafés y rostro coqueto, era la mujer de mi vida, aunque había estado muy cerca de hablarle, literalmente, a pocos centímetros de sus labios, no lo había podido hacer, bueno tampoco lo hice ese día, pero recibí una noticia que me alegro el corazón para siempre.

Ella estaba esperando alguien y se notaba un poco nerviosa, cambio su bolso de mano como unas diez veces, al principio supuse que le pesaba mucho, pero para sacar su teléfono lo sostuvo apenas con un solo dedo.

Yo seguí mirándola pues algo me decia que ese día tenía reservada alguna sorpresa; tal vez, ella declarara su amor hacia a mí y haría que mi vida tomara un rumbo diferente.

De primerazo recibí un balde de agua fría, mis ilusiones alcanzaron a caerse varios metros bajo tierra, la perdí de vista por un momento, y ella se estaba besando con un chico.

Me di la vuelta y estaba dispuesto a olvidarme del mundo, pero una palabra, tan solo palabra me salvo.

"¿qué te pasa?" dijo ella.

inmediatamente la mire y ella empujo al chico y salió corriendo.

Yo estaba tan feliz, el alma regreso a mi cuerpo, ahora si podía respirar tranquilo, no porque se haya ido o porque hubiera empujado al chico que también no es de mi gusto, sino porque ahora sabía que ella estaba disponible.

Lo mejor de todo era que ella era altamente selectiva, y eso me gusta mucho de una mujer, porque el hecho de sentirse único, especial para una persona lo es todo.

Es algo muy gratificante, claro que en ese momento no lo entendía de la misma forma como lo veo ahora, pero si tenía claro que ella estaba disponible y que yo tenía la oportunidad de tenerla en mis brazos, esa fue la mejor noticia que recibí mientras me entrenaba en espionaje.

Disimuladamente recorrí todos los pasillos de la universidad, ella salía del baño, miro como si guardara un secreto, y guardo algo en su bolso, ahora si lo entiendo, pero hasta entonces, me pareció algo extraño, me quede observándola sin que me viera, ella miraba de forma seguida hacia la puerta del baño, sus labios se movían como si estuviera muy nerviosa, se encontró con otra chica, ella rápidamente la tomo del brazo, le hizo girar y se fueron casi corriendo en dirección de las escaleras hacia el primer piso, yo me quede observando hacia el baño, porque la puerta de repente se cerró.

Me acerque cuidadosamente, pues no podía entrar de forma acelerada al baño de mujeres, estaba dispuesto a entrar, ya tenía mi mano en la manija de la puerta, y casi grito cuando alguien me interrumpió tocándome el hombro.

"Este es el de mujeres," me dijo una de las profesoras

Creo que ese fue un aviso, que era hora de entrar a clase.

La profesora me miro con mucho fastidio, y como diciéndome vete al carajo.

Yo solo sonreí.

"Estas hermosamente, provocativa como mi comida favorita," le dije

No sé porque me atreví a decirlo, sentí que algo había cambiado en mi con solo la noticia que el amor de mi vida estaba disponible.

La profesora arrugo los ojos, se arregló la minifalda.

La estuve mirando atentamente, y ella sonrió cuando entro al baño.

No fue muy diferente mi reacción cuando entre a clase, como era de suponer todos estaban tan rígidos sentados de forma similar, en las mismas sillas duras y planas.

"El cielo se tiño de azul, y el sol le guiño el ojo," dije en voz alta observando a la profesora de física.

Ella en su primera reacción hubiera querido lanzarme el marcador, porque lo cogió en un Angulo de noventa grados y movía la mano en un movimiento pendular, pero algo le hizo cambiar de opinión cuando todos estallaron en una carcajada, una de las compañeras tuvo que salir al baño, porque le dio un ataque de risa nerviosa.

"A ver, el señor chistoso, pase al tablero y dibuje el movimiento parabólico," dijo la profesora mientras intentaba no reírse.

Me falto poco para sentarme en mi sitio que es una silla después de la fila que da al tablero, una de las compañeras me miro coquetamente, hasta se llevó el esfero a la boca suavemente y me guiño el ojo.

"Señor humorista," me dijo la profesora estirando la mano como si quisiera pedirme matrimonio.

Ahora todos me miraban como si fuera el alma de la fiesta, había pasado en silencio y tildado de serio por mucho tiempo, el saber que ella estaba disponible era una fuente de poder, en ese instante recordé sus bellas palabras.

"¿qué te pasa?" y así le dije a la profesora.

Ahí fue donde ella no aguanto, rio tan fuerte y ruidoso, que el ataque de risa llevo a todos al baño, algunos en los pasillos, otros se acostaron ocupando varias sillas.

Yo me quede con el marcador en las manos, que prontamente aclaro mi mente, desperté del sueño en el que estaba, recordé los conceptos de física del semestre pasado, cuando vi esta asignatura por primera vez, dibuje el movimiento parabólico junto con todas la formulas, y con una sonrisa feliz, recordando la frase célebre del amor de mi vida.

La profesora fue la última en reponerse de la risa, entro al salón, yo ya estaba en mi sitio.

Ella entro con la seriedad que la caracteriza, parecía que no quería vernos a la cara, entro viendo hacia el tablero, vio el dibujo del movimiento parabólico.

Tal vez fue porque me quedo más largo que ancho, o por las caritas felices, que se llevó prontamente las dos manos a la boca, se quedó un momento estática, después dio un paso hacia uno de los lados como dirigiéndose a la salida.

Y cuando la vimos estaba riendo conteniéndose de hacer algún ruido, pero de nuevo su risa fue bastante sonora y particular.

Mi compañera del lado fue la segunda en soltar la risa, mientras se movía hacia adelante y hacia atrás.

Ahí fue el comienzo del fin, el comienzo de una histeria colectiva y el fin de la clase.

De tanta risa dormí como un bebe, me desperté con
mucha energía, hasta me dieron ganas de ducharme,
claro me ducho todos los días, pero me dieron ganas
de ducharme con agua fría, eso fue una clase de ritual o
preparación para lo que sería ese día.

Mi sonrisa no desparecía ni al cepillarme los dientes, que
quedaron más blancos de lo normal porque pude verlos en
su totalidad, eso era un buen síntoma, además si ella estaba
disponible, era para mí, el corazón me lo decia, latiendo
más fuerte cuando pensaba en ella.

"Hola, la vida es bella" le dije a una hermosa chica que
salía de la universidad.

Ella se pasó la mano por el cabello lentamente, fue algo
singular, ella también me sonrió.

Yo tenía una corazonada que me iba a encontrar de
nuevo con ella y fue exactamente así, algo salido de la
cotidianidad, pasando a algo fantástico y poco creíble para
los que son escépticos.

Al primer lugar que entré fue a la cafetería, porque sentí

muchas ganas de comer algo dulce, cuando la puerta se abrió, mis ojos no lo podían creer, allí estaba ella como si estuviera esperando por mí, se quedó observándome hasta que un grupo de chicas pasó por el lado, ellas iban riéndose por un chiste mal contando, eso fue lo que dijeron cuando pasaron por mi camino.

Volví a dirigir la mirada hacia ella, aunque ya no estaba observándome, se estaba maquillando, eso era una invitación, la confirmación que también se moría por mí, al final decidí no comprar el chocolate, tenía suficiente dulce con verla, sus labios cada vez que se pasaba el labial eran una llamada para mis ganas de besarla, cuando cruzo las piernas, ahí lo supe, era ahora o nunca, tenía que aprovechar mi buena racha, mi sonrisa que me había traído hasta una muy buena calificación en física.

Aclare mi voz como los cantantes hacen, un tipo, o un profesor, ahora no estoy seguro su razón de estar en la universidad, se quedó observándome mientras yo afinaba la voz, yo pensé que le molestaba, pero en unos segundos el copio las mismas técnicas, seguramente también se tenía que preparar para algo similar, cuando termine de afinar mi voz, la observe atentamente, ella ahora reía de forma muy coqueta, esa era la luz verde, la señal de actuar o callar para siempre.

Cuando me acerque ella me miró fijamente, me sonrió cariñosamente, luego se puso de pie de forma lenta, tomo un papel lo doblo con mucha delicadeza, luego lo beso, se giró hacia mí y me lo dio.

A ella no le basto sino solo unos segundos para

entregarme lo que sería el más grande tesoro de toda mi existencia.

Por poco y me besa en el primer intento, hubiera sido muy romántico y poco creíble para las audiencias más escépticas y serias, por no decir antipáticas.

Me quede viendo la silueta de sus labios en el la hoja de papel, tamb鏡én me quede viéndola cuando camino coquetamente para mí, mientras salía de la cafetería.

La bese, besando la silueta de sus labios en el papel, lo guarde muy cerca de mi corazón y mi sonrisa era aún más notoria.

Por cuatro noches y casi cinco días me duro la sonrisa en el rostro, fueron los mejores momentos de mi existencia, la segunda noche soñé que ella estaba sentada en la popa de un yate, ella tenía un vestido de baño de color amarillo, al principio lo veía como fosforescente, pero era porque la luz solar no estaba graduada perfectamente, me desperté, tome un poco de agua, hice un calentamiento, me lancé a la cama como si fuera una piscina, seguí durmiendo boca abajo, ahí comencé a ver su vestido del color que era, muy agradable a la vista, resaltaba sus pechos, su cintura, lo que más me impacto fue su sonrisa, sus dientes brillaban de frescura, me acerque a darle un beso, pero desperté y ya eran las ocho de la mañana.

Hasta ese momento ese número no representaba nada para mí, simplemente que ya era lo suficiente tarde para no bañarme, sino solo la cara.

La tercera noche, ella estaba en la playa, me estaba observando, no recuerdo lo que yo supuestamente estaba haciendo, pero ella me estaba sonriendo de forma muy sensual, su cabello se le venía por la cara, se veía demasiado atractiva, me acerque lentamente hacia ella, y alguien pasó entre los dos con un gran letrero que solo tenía dibujado un número, se quedó viéndome fijamente y después se fue corriendo.

Me quede observando el número, cuando me gire hacia ella, desperté de nuevo, esta vez eran las nueve, tampoco le puse atención a eso, pues tenía clase a las diez, alcance a bañarme y hasta afeitarme.

La última noche, ella estaba vestida de forma diferente pero igual de sexy, una blusa ajustada al cuerpo, un short también ajustado a su contorno, ella estaba reclinada en la pared de un balcón, me estaba observando como insinuándose, decidí acercarme sin contratiempos, ella se quedó mirándome a los ojos, yo también lo hice, nos quedamos así por varios segundos, luego ella miro hacia el frente, yo hice lo mismo, ella suspiro, y dijo siete; eso me causo mucha gracia, reí como nunca lo hacía, ni siquiera en la clase que tuvo que ser aplazada por los ataques colectivos de risa, tome aire y estaba dispuesto a besarla, sonó el despertador, abrí los ojos, y vi el número siete.

Ahí se me hizo un poco extraño, pero seguí durmiendo por si alcanzaba a besarla, pues ese día no tenía clase en la mañana.

Ese sueño fue algo extraño como el número, no le vi bien el rostro, ella ya no tenía la blusa blanca, ni el short, ni ropa interior, me puse caliente, me tembló la voz, sin embargo di el primer paso, pero resbale y me desperté, estaba sudando y con los calzoncillos abajo, no vi el reloj, me quede por más de una hora viendo al techo, tratando de recordar ese hermoso sueño.

Después de toda es trayectoria, de esa historia entre los dos, se podría decir que ya teníamos una relación bastante larga de días y noches completos de estar entrelazados, de estar en sincronía.

Hubo algo que me hizo perder la sonrisa por completo, pero no fue la película romántica, en cambio esta produjo otro efecto extremadamente importante, la película comenzó como todas las historias de amor, con caricias, con besos, con algunas escenas subidas de tono, escenas de comedia, de loca comedia, escenas de sexo, pero no me esperaba ese final, desde el medio, la chica se veía con falta de seriedad como esas niñitas que muerden un chocolate y después lo botan, porque no les gusto la forma como quedo después de una tremenda mordida, en cambio el protagonista empezó actuar como yo, me vi en la pantalla, un poco más alto que el protagonista, pues él era chiquito, un poco más apuesto que el protagonista también, aunque levantaba mujeres, no lo hacía como yo lo hago, pero me sentí identificado en ese momento cuando la vio a los ojos, la acerco hacia él y le confeso que la amaba.

Hasta ahí era la mejor película de mi vida, pero empezó el enredo, ella se complicó, la historia le siguió el hilo haciéndola desparecer sin dejar ningún rastro, ahí también coincidí con el protagonista cuando se preguntó que carajos paso con esa bella dama, estaba en mis brazos y se fue como por arte de magia.

A ese punto casi apago el televisor, pero también quería saber que paso con la chica, claro que ella era una modelo y además actriz de un canal de Youtube. Está claro que ella se fue a grabar un episodio a una isla remota, porque el estudio de grabación en su casa fue cancelado porque el diseñador gráfico se fue de vacaciones, super claro, sin embargo, quería confirmarlo, verlo, palparlo.

Empezó la parte final y nada que se sabía del paradero de la mujer, el protagonista hizo una búsqueda implacable haciendo miles de llamadas, además visitando el apartamento, también se comunicó con los dueños de YouTube, pero nada de nada.

Yo ya estaba desesperado había pasado más de media hora y este hombre no avanzaba en su investigación, hasta que se acordó que ella antes de irse le había dado una carta, la tuvo en sus manos por varios minutos, y por su cara lo supe, no la leería jamás después que llamo a los papas de la chica, les conto todo lo que habían hecho, entre otras cosas más íntimas, y así fue.

El protagonista se subió a una terraza se acercó a la orilla de un cuarto piso, metió la mano en su bolsillo, movió los dedos como sacando algo y claro la carta se cayó de forma accidental.

Desde luego esa fue una jugada maestra, de no ser porque la película termina trágicamente, ella le había dejado las instrucciones para que se encontraran en un lugar maravilloso, días después el protagonista se echó a la pena e intento recuperar la carta, pero nunca lo pudo hacer.

por eso tome en cartas en el asunto no iba permitir que me pasara algo similar, busque el pantalón que todavía estaba en la ropa sucia, el desespero al no encontrar el trozo de papel hizo que mi sonrisa desapareciera por completo, y después de más de dos horas buscándolo, lo encontré en la mesa de noche justo cuando fui a colocar la alarma para la siesta de todas las tardes, que es como me deshago del mundo.

Aplacé la sagrada siesta, tenía las imágenes vivas del protagonista llorando y echado a la pena.

Pero primero tenía que prepararme, esa primer llamada es como la primera impresión, vi una película en la cual las mujeres decidían con quien salir, según el tono de voz del hombre cuando les llamaba para coordinar la primera cita, esa es otra película trágica, en fin necesitaba coordinar cada detalle, escribí las líneas que iba a decir casi no me decido si le decia hola o hola ¿cómo estás?, o si iba directo sin ninguna introducción monótona, al final me incline por un hola, ser saludable ante todo, es uno de mis lemas, me bañe los dientes tres veces, tal vez si sea cierto lo que escuche por la calle, un chico le decia a otro, me detecto el aliento por teléfono, y en seguida colgó, le vi su cara de sufrimiento y de alcohólico, sin embargo me bañe una cuarta vez por si acaso.

Era hora de probar los ejercicios de un curso de técnica vocal, solo asistí a una clase, no obstante, fue la primordial, esos ejercicios son perfectos, estuve calentando la voz, también hice algunos ejercidos de yoga, cincuenta sentadillas, ese último ejercicio no se si sirva para ese propósito sin embargo es el primero que se me vino a la mente.

Después de varias horas tenía todo listo, el dedo a milímetros de pulsar el botón de llamada.

No fui capaz, hice otra ronda de sentadillas, de nuevo calenté la voz y recordé la cara del protagonista, ahí ya tenía todo claro.

Y la llame.

Estaba atento a escuchar su voz.

"este número no está disponible" escuche la voz de una grabación.

Confirmé los números una y otra vez, a simple vista no se veía nada extraño, llame diez veces más, siempre el mismo mensaje, entonces decidí observar con detenimiento, ese fue el comienzo de este gran camino a la verdad, no exactamente como imaginaba, pero fue mucho mejor, me di cuenta que ella deliberadamente había escrito unos números de diferente manera, un dos parecía un uno, un nueve un cuatro y así hice algunas combinaciones posibles, todo creyendo que ella lo estaba haciendo para darme a entender que era difícil, y un verdadero premio dorado.

Ese día llame cuarenta números, de los cuales descarte treinta ocho, ya tenía dos posibles números, uno era un contestador automático en el cual se le parecía mucho la voz a ella, ese mensaje me despisto, corrí en búsqueda del papel donde había anotado mis líneas y se había caído en el piso, después de ese incidente me anote las líneas en la palma de la mano, como todos hacen.

El otro era una niña que contesto el teléfono, al principio llegue a pensar que se había acabado de bañar, y por eso tenía ese tono de voz tan delgado, pero cuando me dijo

"A ella se le quedo el teléfono en mi cuarto, porque me di cuenta que se estaba llevando uno de mis espejos"

Yo me quede en silencio.

"Que si por favor la llamas en la noche, ok" ella agrego y colgó

Cambie mi rutina diaria, la siesta fue reemplazada por horas de llamadas, si cuenta como experiencia ya tenía la suficiente de un operador de servicio al cliente, mi paciencia se vio a los límites de desbordarse, en una caldera de ira cuando me colgaban con la mitad de las palabras en la boca, un hombre fingió la voz de una niña.

"Hola soy la que buscas," me dijo

Mi yo interior estaba por decirle, su voz de tarro no se parece a la de una mujer, ni mucho menos a la de una niña, pero me contuve, sostuve la respiración por quinces segundos.

"Sabe que gran***, váyase a la mier***" dijo y colgó

Nunca supe que paso en esos quinces segundos, deje el teléfono al lado del televisor, cerré los ojos, respire profundo, Conte de forma muy lenta, creo que en total fueron como unos cincuenta o sesenta segundos reales, el hecho es que la gente es muy rara, como la película que estaban pasando ese día, se trataba de dos chicos que les gustaba hablarse diciéndose groserías, pero no termino nada bien, otra historia trágica, pues al final esas bromas se convirtieron en algo serio, se hirieron sentimentalmente y nunca se volvieron hablar.

Esa fue una de las peculiaridades de las llamadas, en su mayoría contestaban mujeres con voz armoniosa, todas se parecieran, llegue a pensar que tal vez estaba marcando al mismo número una y otra vez, pero no, todos los números eran diferentes; esas chicas tenían el mismo acento, las imagine con la misma ropa, comiendo lo mismo, haciéndolo los mismos ejercicios para el abdomen plano, un buen trasero y un buen cuerpo.

Todas ellas sin excepción se quedaron conversando por tres minutos exactos, todas a los tres minutos colgaron.

"Hola," les decia.

"Hooola, ¿cómo estás?" decían.

Ahí había una breve pausa, después ellas continuaban.

"¿Con quién hablo?" decían seguido de una risita en puntos suspensivos.

Como necesitaba comprobar que fuera ella, prepare un mensaje para todas, como una clave que solo supiéramos ella y yo.

"Leí el trozo, estoy enumerando y codificando" les decia.

Sin excepción todas se rieron como si alguien les hiciera cosquillas.

"Ay noo, ¿con quién hablo?" volvían a decir.

Yo estaba muy preparado con otro mensaje.

"Descubrí el cuatro y el nueve, falta el dos" yo agregaba.

En ese momento les daba un ataque de risa, se escuchaba como su teléfono saltaba con ellas.

"Ay noo, en serio ¿con quién hablo?" volvían a decir.

En ese punto ya era el último mensaje que había preparado para confirmar que ella fuera ella.

"Lo estoy describiendo todo, tus números son los acertijos de mi corazón," les decía con un tono serio y pausado para que entendieran el mensaje.

"Ay noo, dime la verdad ¿con quién hablo?" decían con un tono insinuante.

Después hubo un silencio de diez segundos exactos.

"Llámame más tarde, te cuidas, un beso," decían como si se estuvieran escondiendo de alguien.

Yo seguí en silencio, les escuché las respiraciones por diez segundos más y a los tres minutos exactos, todas absolutamente todas, colgaron.

así estuve por varios días, entre combinaciones llamadas de treinta segundos o menos a algunas en las que la conversación fluyo hasta en una buena amistad, conocí a Brenda que más adelante me ayudaría también a descifrar otras cosas.

22

conversación fluyo hasta en una buena amistad, conocí a Brenda que más adelante me ayudaría también a descifrar otras cosas.

Claro que fue algo agradable al principio, pero empezaron a pasar las horas, los números se me hacían eternos, se confundían con los números de mi reloj, ahora me estaba acostando a las cuatro de la mañana y a las seis ya tenía que estar otra vez despierto.

A ese paso iba terminar como una historia que vi en YouTube, se trataba de la telepatía, un chico chiquito pero viejo, es decir bajo en estatura, estaba seguro que tenía habilidades telepáticas capaces de influir en el comportamiento de las personas, y cierto día, lo probo conquistando a una super modelo sin ni siquiera haberle hablado antes, ni siquiera estando cerca de ella, sino desde la pantalla de su computador, la super modelo el día de su boda confirmo que en un segundo sintió deseos por él, que era un amor verdadero, hasta ahí bien, la historia pintaba para un premio Oscar, tenía el mejor talento, era innovadora y por supuesto la chica era una super modelo, pero en la historia entraba un aprendiz, era un chico recién graduado de la secundaria, el recibió instrucciones exactas de aquel pequeño hombre de sabiduría única e irrepetible.

El chico feliz, duro entrenando por días, pero no obtenía

los resultados esperados, decidió duplicar los esfuerzos, y sacrificar también sus noches, al poco tiempo casi no se podía moverse del sueño, pero ese no fue el problema, era que no había conseguido ningún resultado.

El hombre pequeño se enteró, y como estaba en juego su reputación, lo visito, le pregunto que cual era la chica que quería atraer, él le mostro un video, era una super estrella de YouTube, a simple vista parecía super disponible, dada a conocer nuevas personas, sencilla y divertida.

El chico lo miro como descifrando que quería decirle.

El hombre pequeño meneo la cabeza.

"No leíste la letra pequeña ¿cierto?" le dijo

El chico se froto la barbilla como si estuviera recordando algo.

"Sinceramente no," dijo

Hasta ahí bien, la historia tendría un final feliz, me dije dentro de mí, pues ahorita le dirá el secreto o algo que se le olvido aplicar y se casaran, pero el hombre le dijo:

"Solo hay en el planeta unos seres capaces de resistirse al poder de la telepatía, estos seres pertenecen a otra dimensión, son seres capaces de transformarse, mutar en cuestión de segundos, son los Yout%%%%%, los influ$$$$$ y los …"

El chico quedo con la boca abierta.

"Y ahora ¿qué hago?" dijo.

El hombre pequeño muy sabio en todo sentido, le dijo

"Si no puedes contra ellos..."

"Umm" dijo el chico

Después de diez años, el chico domino el arte de estos seres, y en ese momento se dio cuenta que está enamorado de una super modelo, ella había sido su mejor amiga hace diez años atrás.

Y ahora me sentía como el chico, llevaba noches sin dormir, había hecho todas las combinaciones posibles y no tenía ninguna opción, me quede dormido entre tantos números, las hojas se esparcieron por toda la sala, cuando desperté, mi saliva había dejado un puente entre varias hojas sobreponiendo los números, dejando ver claro unos cuantos dígitos, luego los escribí en una hoja limpia y observe el número que me había dado ella, eran los mismos dígitos, pero en diferente orden, ¿era una coincidencia? o ¿una señal?, me incline por lo segundo.

Después de tan reveladora clave que el universo puso en frente de mí, se me ocurrió una brillante idea, una que empezaría a desenredar el acertijo de los números.

El día que ella me entregó su tesoro más preciado, el secreto que guardaba con recelo, sostenía un libro en sus manos antes de mirarme a los ojos e insinuarme que fuera el guardián de sus misterios.

Estuve practicando telepatía por un minuto, pero parece que no funciona, es hora de olvidar esa tonta historia, ya estuvo bueno de amores de la vida perdidos, y malgastados.

Lo que tenía claro es que tenía que actuar ya, o la perdería para siempre, según lo que pude intuir, los números están señalando un gran cronometro, y me quedaban aproximadamente tres días.

Tres días para resolver este acertijo, sin más preámbulo fui a la biblioteca, como era amigo de la bibliotecaria me dejo ver los libros que ella había solicitado o leído.

Tenía que asegurarme cual libro estaba leyendo, o si había

más de un libro que me permitiera encontrar pistas sobre los dígitos, que me había escrito en las palmas de las manos.

"No sé si darte la información, ¿para qué es?" me dijo mi amiga.

La conocía desde hace tiempo, le vi a los ojos, y supe exactamente que quería.

"¿qué me vas a dar por esto?" me dijo

Le mostré la palma en señal de voy a comprarte algo y ya vuelvo, pero ella se quedó viendo los números, no sé qué paso, pero me dijo.

"Espera no vayas a comprar nada,"

Yo tenía los pies apuntando hacia la salida, fue incomodo regresar a la posición de antes y fingir que nada de los anteriores minutos había pasado.

Ella se quedó observando los números más tiempo del que mi mano podía resistir estática, yo estaba conteniendo el aire, sentí temblar mis piernas, sentí mi cara quemante, mi frente llena de sudor.

"Listo," dijo

Fue una de las mejores sensaciones en toda mi vida, me sentí liviano, sin cargas, ahora me sentía enérgico y dispuesto a todo.

"¿qué quieres?" le dije.

Mi amiga sonrió, sus hoyuelos en las mejillas la hacen ver demasiado tierna, simpática, y buena persona.

"Ya vengo," dijo

Me quede observándola con atención, serían los hoyuelos en sus mejillas, su risa, o tal vez lo que descifro de los números, pero ahora se veía más bonita, caminaba de forma más erguida, elegante, en fin, me senté en una de las sillas libres de la biblioteca, en realidad había muchas libres, solo había otra persona aparte de mi amiga y yo.

Un tipo vestido de negro, con el cabello medio largo estaba agachado, creo que estaba escribiendo, a no, él estaba dibujando.

"Aquí esta," me dijo mi amiga

Yo salte del susto, pero ella me miro y los hoyuelos de su sonrisa me tranquilizaron de nuevo.

Ella me entrego los registros de los libros que ella había pedido, en el registro solo aparecía un solo libro y fue el mismo día que me entrego el número, tanta coincidencia no podía ser, mi amiga me dio el libro sin tramites, el libro era de conspiraciones, una novela de misterio, en el que un espía había infiltrado una información en unos juegos matemáticos, después ver la portada acostado en mi cama, otra vez me volvió a coger el sueño, pero esta vez la saliva no fue la clave.

Comencé a leer el libro, las primeras páginas me atraparon, pude ver su sonrisa mientras leía cada palabra en voz alta, pero había tantos números en el piso que no me podía concentrar, así que lo deje sobre la mesa donde coloco los objetos importantes.

Al coger algunas hojas, mis manos se llenaron de tinta negra, no me di cuenta hasta que se me ocurrió mirar de nuevo los números, quería comprobar de nuevo si había algo oculto, que a las primeras doscientas veces no pude ver, en ese momento el teléfono vibro, y casi se me cae la hoja de papel.

Esa fue una bendición, porque al ver de nuevo el número, se tiño de la tinta que tenía en mis dedos, acerque la hoja un poco para verla bien, las marcas parecían paréntesis y comas.

¡Y gualá!

Había comenzado a descifrar el acertijo, los números no eran de un número telefónico, tampoco las combinaciones de alguna caja fuerte, ni tampoco fechas de nacimientos, eran coordenadas, ningún número estaba ahí al azar, todos tenían una razón para estar ahí.

Ya sabía que eran coordenadas, lo primero que se me ocurrió es que eran de algún lugar, traté de traducirlas al lenguaje de latitud y longitud, estuve haciendo las combinaciones, pero todos los lugares eran poco reales, uno señalaba un lugar en la Patagonia, otro en el polo norte, el ultimo que comprobé en mitad del océano.

Por alguna razón me acorde de la profesora de cálculo, el solo hecho de traerla a mi mente me dio tanto pánico que apague mi cerebro por una media hora, me coloque los audífonos y la canción "Mission: Impossible theme song" se reprodujo instantemente, durante la media hora estuve navegando en un sueño.

Ella estaba con un vestido negro muy escotado, era como una fiesta elegante porque me mire la ropa y yo usaba un traje de corbata, mire alrededor y todos los hombres estaban vestidos igual que yo; ella se tomó el trago de su copa y la dejo en una de las bandejas que los meseros sostienen con bastante equilibrio, luego se acercó a mí, me acaricio la barbilla con uno de los dedos.

"Eres mi mejor libro," me dijo

Su voz me hizo estremecer de calor.

Ella sonrió, y se fue caminando de forma muy provocativa.

Cuando se acabó la canción, trate de recordar la forma del vestido, pero algo oscurecía es parte de mi memoria, me frote la barbilla.

"Soy su mejor libro," dije en voz baja.

¡Claro! el libro, fui corriendo y casi lo agarro así con la tinta en mis manos, hubiera sido algún incidente que tal vez me hubiera costado una amistad y unos cuantos billetes, me limpié las manos con otra hoja que encontré en el suelo.

¡Y gualá!

Ahora no solo tenía una clave sino dos, era una conciencia o una jugada maestra del destino; una de ellas apuntaba a una especifica página del libro, donde estaba impreso el cuadro matemático que el espía había diseñado para infiltrar el mensaje, más coincidencias, o todo estaba ligado.

llame a Brenda que justo me había comentado que era una excelente matemática y un tanto más para resolver acertijos, que le encantaban. Ella lo dijo en tono algo sensual.

Yo no le puse mucho cuidado a eso, por experiencia sabía que muchas mujeres tienen ese tono de voz por defecto, es como si hubieran escuchado la misma grabación de pequeñas y lo aprendieron sin darse cuenta, un efecto parecido al que hace la televisión, la música o los videos en YouTube, en todo caso no le di importancia, pasé los números a una hoja limpia y los deje en el libro por si entre los dos lográbamos leerlo de forma rápida.

Por el camino yo iba repitiendo los números, por si lograba descifrar algo más, pero termine aprendiéndomelos de memoria y como si fueran una canción de pre kínder, algo raro estaba pasando, respire profundo y toque a la puerta del apartamento de Brenda, y se abrió al más mínimo contacto.

"Ponte cómodo," ella dijo en un tono muy sugestivo.

Hasta ahí normal, eso me confirmaba que ella

efectivamente había escuchado la grabación, acabe de abrir la puerta.

En ese punto creí que me había equivocado de apartamento.

Estaba medio oscuro, había una vela encendida en una pequeña mesa al lado de la sala, al lado dos copas con algún tipo de bebida de color rosado, y varias tajadas de pizza.

Mi mente trato de explicar coherentemente, pero se quedó en la exclamación al ver unos corazones en papel que decoraban la sala, estaban adornados con luces en forma de estrellas.

"¿Brenda?"

Dije con voz dudosa, creo que ella lo supo.

"Ay si tontico, ponte cómodo, ya estoy contigo" dijo desde algún punto desconocido del apartamento.

Habiendo confirmado, me dirigí a la sala caminando lentamente, cuando llegue cerca de las velas, mi atención se dirigió hacia los corazones, estos tenían números en el medio, mire hacia las paredes y vi más números, me acerque a la vela para ver los números que había anotado, porque a ese punto y de tanto repetirlos se me habían olvidado completamente.

Mientras buscaba los números, percibí muy cerca de mí un olor a perfume muy agradable.

"Hola," me dijo Brenda mientras me abrazo por la cintura.

Me dieron cosquillas nerviosas, me acorde de la clase de física, y casi suelto una carcajada, me logre controlar di un paso adelante y me gire, porque quería verla.

Ella estaba mirándome sonriendo, y ahí lo vi claro, ella no había escuchado la grabación, ella venia con la grabación en sus genes, sus ojos azules claros, su piel suave sin ninguna imperfección, sus pestañas dobladas con el carisma de su risa, sus dientes muy blancos y finos, aparte su suéter de color rosa, todo en ella coincidía con ese tono de voz.

"Ponte cómodo," me dijo

Yo no sabía si mostrarle de una vez los números, pero cuando ella me volvió a abrazar, ya no supe que decir, nos sentamos al frente de esa exquisita pizza que además tenía forma de corazón, y por fin pude recordar los números, y eran los mismos que aparecían en las paredes, en los corazones, y en la mesa como decoraciones.

Esto era otra coincidencia o era otro signo de la verdad.

Me decidí tenía que actuar.

"Estos son los números," le dije mostrándole el libro

Ella tomo el libro en sus manos bailo, dio varias vueltas.

"Adoro este libro," dijo

"Si, por favor me puedes ayudar a descifrar la pagina 911 específicamente el cuadro número 11," le dije modulando con mucha velocidad.

Ella se quedó mirándome sin decirme nada, luego se movió bastante sugestiva.

"Ok. Dame un segundo," dijo mientras se fue de la sala.

Yo seguí viendo los números, las velas que encandilaron mis ojos, parpadeé varias veces tratando de no ver el punto brillante, pero luego me di cuenta que el punto brillante era como una separación de miles.

¡Y guala!

Tenía otra parte del acertijo resuelto, como no tenía un lapicero, me puse de pie.

"¿Brenda?," dije para saber en qué parte estaba, con la luz reveladora en mis ojos, veía todo lo demás oscuro.

"Si quieres ven," me dijo

Eso era una buena noticia, por el tono que uso, sabía que era porque algo grandioso había descubierto, pero antes ese trozo de pizza me estaba mirando detenidamente.

"¿Ya vienes?" me dijo

"Ya voy," le dije saboreando esa deliciosa pizza casera.

"¿Qué?" dijo

Yo le volví a decir las veces que fue necesario para acabarme la porción de pizza mía y la de ella, no sé pero algo me decia que ella no tenía apetito.

"Ash vas a venir o no" me dijo.

Me tome la bebida, era como un revuelto de muchas bebidas, solo pude distinguir whisky, vino blanco, champagne, y algún tipo de coctel, me acerque a ella, pero todo estaba tan oscuro.

"Marco," dije

"Polo," dijo con voz extremadamente sexy.

Mis pies inmediatamente siguieron la voz, ella estaba de pie tratando de quitarse la blusa.

"¿Me ayudas?" me dijo

"Claro," le dije

Ella estaba en ropa interior, con cuidado le ayude a quitarse la blusa, que se había quedado atorada con su brazo y la cabeza.

"Gracias," me dijo observándome a los ojos.

"Quería saber si ya has leído la pagina 911 en el cuadro 11," le dije muy rápido

Ella me miro a los ojos, luego saco una calculadora de la mesa de noche, miro la pagina 911 y el cuadro 11, hizo algunos cálculos en una calculadora científica, luego trajo varios libros, copio varias fórmulas, trazo varias gráficas, luego escribió algo al final de la hoja donde estaban los números, yo me quede observándola a los ojos.

quería agradecerle todo lo que estaba haciendo por mí, la abrace, ella me acaricio suavemente, no sé porque, si fue el perfume, su aroma, sus caricias, verla en ropa interior, sentir la suavidad de su cama, o las candelillas que todavía veía, pero ella me atrajo mucho.

"Ponte cómodo," me dijo mientras dirigió mis manos a sus caderas.

Su tono de voz en ese punto fue el más alto en sensualidad,

ella sin duda había nacido con ese talento, y se notaba que lo había practicado mucho.

"Tenemos todos los números para nosotros," me dijo con ese mismo tono

Ahí la bese, ella felizmente me correspondió, hicimos el amor toda la noche, incluso encima de todos los números reteñidos, al pie de las velas, en cada uno de los sofás, recargados en las paredes donde estaban los números y sobre unas hojas de papel en blanco.

Me desperté con los corazones volando sobre mi cabeza, como si fuera un sueño, excepto porque una de las luces en forma de estrella estaba sobre mi boca y el movimiento de los corazones era una simple confusión óptica.

Ella estaba completamente dormida, a veces extendía los brazos sobre el colchón.

"Ven acomódate," dice con voz demasiado subida de tono.

Yo la mire detenidamente, se veía tan feliz incluso como si estuviera sonriendo, fuera cual fuere ese sueño, ella lo estaba disfrutando mucho, la deje disfrutar, me escabullí lentamente por debajo de esta manta que pretendía ser el cielo.

Ahora comprendía la forma de las luces que la rodeaban, en verdad ella se esmeró mucho en los detalles, es una maestra en descifrar las claves matemáticas de la vida, y además nació con el don de ese tono tan particular que atrapa e hipnotiza, y es una buena amiga.

Pero algo me sorprendió más, cuando fui a buscar el libro,

se cayeron las hojas, yo creí que había visto todo lo que ella escribió, pero había un mensaje entre líneas, este mensaje había estado al frente de mis narices desde que ella hizo los cálculos, llevaba algunas horas de retraso, y cada vez me queda menos tiempo para hallar la respuesta a los números.

Repetí el mensaje una y otra vez, para que quedara grabado en mi mente.

"ley que rige el universo en todas sus dimensiones" decia

Lo repetí tantas veces que mi boca quedo seca, entonces mire hacia la mesa que tenía las velas, vi que quedaba aun un poco de trago en una de las copas, me acerque tratando de no hacer ruido, no quería que ella despertara de su sueño tan placentero, sus suaves gemidos estaban adornados con mucha sensualidad, ese sonido me ayudo a concentrarme en el mensaje que casi tenía grabado en la mente.

"Búscalo," ella dijo

Al principio no supe a que se refería, pero después de escuchar su mensaje por cierto tiempo me di cuenta de lo que me quería decir.

"Está en la mesita, ten cuidado de no estropearlo," dijo también.

Yo estaba buscando la mesita, entre a su cuarto y la vi, inmediatamente supe que era lo que ella intentaba decirme, había un portátil encima de la mesa de noche, el mensaje era claro era la herramienta para buscar el significado del mensaje.

"En la mesita," ella seguía diciendo.

En ese punto yo estaba buscando por internet y encontré un artículo de un investigador que justamente estaba dando una conferencia en la ciudad, me llamo mucho la atención, pero no tenía un lapicero para anotar la dirección, busque en el cajón de la mesita donde generalmente suele estar, había muchos condones, los saque para revisar si de pronto había algo en el fondo y me encontré más condones.

"En la mesita," ella seguía diciendo

Guarde los condones, algunos quedaron por fuera y el cajón quedo a medio cerrar, ella también era una experta en hacer que todo quedara bien acomodado y en su lugar, utilizando el viejo concepto de la guerra, lo empuje con fuerza bruta y un lapicero cayo de encima de la mesa, coincidencia o todo estaba apuntando para hallar uno de los secretos más ocultos de todos los tiempos, me vestí y me fui sin despedirme.

Cuando salí las calles aún estaban oscuras, con un poco de niebla, pero todo cambio en un segundo mientras me quedé mirando a una chica que vestía deportivamente, ella se quedó viéndome, me sonrió.

"Oye te puedo hacer una pregunta," me dijo

Yo miré la hora, aún tenía tiempo de llegar a la conferencia, así que le dije que sí.

Ella se me acerco, me olio el cuello.

"Ya," dijo

Yo me quede mudo, ¿acaso era otra clase de acertijo?

Ella sonrió

"Ven te escribo mi número," me dijo

Yo seguí sin moverme, ella tomo el libro de mis manos, abrió las paginas, vio los números, movió la cabeza como si hubiera descifrado algo.

En ese punto me aclare la garganta.

"En un espacio en blanco," dije

A ella le causo mucha gracia, después me miro, me beso en la mejilla mientras puso de nuevo el libro en mis manos.

"Estas en el camino correcto," me dijo antes de irse sonriendo.

Yo le mire todo el cuerpo mientras caminaba, por una extraña razón ella había descubierto muy fácilmente la ruta, eso me dejo pensando por varias cuadras, volví a ver el libro, lo abrí donde ella lo abrió, vi la página que ella tomo, la olí, ahora comprendía lo que ella me decia, y si los dos estábamos en el camino correcto.

Desde ese punto, el sol apareció como mágicamente, las calles se llenaron de personas, automóviles y humo; respirando la tranquilidad de la cuidad, mis pasos siguieron automáticamente la ruta.

fui el primero en llegar a la conferencia, en la puerta estaba una chica tomándose una selfie, ella tenía un mechón de pelo por la cara, yo me quede en silencio observándola, ella hizo un puchero, eso me encanto.

"Eres modelo," le dije

Ella a la primera se sorprendió, pero después me sonrió.

"No tontico," me dijo

Tenía en sus ojos un maquillaje muy llamativo, que hacía que yo no dejara de mirarla fijamente.

Ella se puso la mano en entre la boca y la quijada.

"Que ternura," le dije, porque en realidad así se veía, muy tierna

Sin dudarlo ella tenía la habilidad de expresarse en las selfies.

Me miro de pies a cabeza.

"Por la conferencia," me dijo

Yo le afirme con todo mi cuerpo.

"Se aplazo, tienes que venir en la tarde," me dijo mientras simulaba dar un beso.

Me quede helado de nuevo.

Ella me sonrió.

"Pero, tengo algo para ti en compensación por la madrugada" digo mientras me entrego un libro.

Yo lo recibí con mucho cariño, ella lo noto, me olio el cuello, me beso suavemente.

"Chao lindo," me dijo mientras entro y cerró la puerta.

Era otra coincidencia que yo solo fuera el único asistente a esa hora, y que me entregaran el fabuloso libro, demasiada coincidencia, no resistí la tentación de leer el libro inmediatamente, había un parque muy agradable con árboles alrededor que extendían amablemente una cálida sombra, me puse a leer como nunca lo había hecho, entonces vi claro muchas cosas, está viendo hacia el frente por un momento y un chico con fólderes, carteles, maletas iba tan apurado que se le cayó la billetera, lo llame, pero además de todo llevaba audífonos, tuve que trotar por más de cinco cuadras para entregarle la billetera, él se quitó uno de los audífonos, se sorprendió, pero después se puso tan feliz que me dio una tarjeta, era un número y con los mismos dígitos, claro en diferente orden, esta era otra coincidencia o estaba en el camino correcto.

Que buena sensación tenía en el pecho, una buena obra llevo a otra, y ahora tenía en mis manos, una de las mayores claves que me permitirían seguir mi camino hacia la verdad.

Me devolví queriendo saltar, correr y gritar de la felicidad, pero como había mucha gente alrededor me arrepentí por un momento, me dije dentro de mí, si ellos están pensando en millones de cosas en este preciso momento, y si saltara en un pie, les sacara la lengua, les mostrara el dedo del medio, ellos seguirán en sus millones de pensamientos, fingirían una sonrisa, caminarían como si tuvieran una cita con alguien importante; también me seguía diciendo dentro de mí, por ejemplo esa chica que está sentada boca abajo fingiendo que lee, y al mismo tiempo prestándole atención al chico que la está grabando, por mucho, me vera y llenara uno solo de sus pensamientos con alguna parte de mí, tal vez ella le interese mi sonrisa, mi voz, o tal vez solo la tarjeta que está en mis manos, mientras pasaba todo eso por mi mente, ellos caminaban a pasos gigantescos, en menos de lo que se demoró la chica que estaba acostada en ponerse de pie, reír, y besarse con el camarógrafo, todo el camino quedo solitario.

Salte, corrí de lado a lado, grite de felicidad.

La chica del ejemplo me estaba observando, me sonrió, se estaba acercando a mi como si algo la atrajera inminentemente, pero el camarógrafo la tomo de la mano, la hizo correr, saltar, y gritar.

Ellos duraron menos de tres segundos en mis pensamientos, alcance a contar diez; uno cuando la chica me estaba viendo, otro cuando la chica se acercó, me beso y salió corriendo, el tercero cuando se me acerco me miro con desprecio, me dijo loco, y me beso, desde el cuarto hasta el diez eran un poco borrosos, a veces la veía acostada en el prado, otras en una playa, las ultimas en una cama.

Pude comprobar la veracidad de mis afirmaciones cuando mis pensamientos se empezaron a llenar de números, de las diferentes combinaciones que había descifrado, de la tarjeta, del libro que tenía en mis manos, y del tiempo que tenía para hallar la verdad.

Sin más pausas me volví a sentar en el mismo lugar, porque era estratégico, desde allí vi al hombre que me proporciono semejante clave, también porque la sombra que daba el árbol era perfectamente para leer.

Leí unas cuantas hojas más, pero no aguante las ganas de llamar a ese número, para algo el destino puso a ese buen hombre en la carretera del parque, sostuve la tarjeta por más de un minuto en mi mano, pues en ese momento paso una chica haciendo muecas y mirando a otro lado, en ultimas la descarté, cuando me di cuenta que estaba esperando a sus dos novios.

Conte hasta diez antes de llamar, me contesto una chica, su voz era agradable, con todas las llamadas que yo había hecho, ya era un experto en conocer las personalidades con solo escuchar su tono de voz, ella me permitió hablar poco, me dijo que me esperaba en media hora, en una dirección que precisamente estaba a media hora de allí, una coincidencia más o era algo predestinado.

Camine sin mirar a nadie, así como cuando uno era pequeño y la mamá le decia no hables con nadie, ni con nada, en esos años mozos le hice caso en no hablar con nadie en el camino, inclusive con algunos compañeritos del salón que me los encontraba en mitad del camino, ellos siempre pensaron que yo era algo odioso, y hasta raro, yo los mira de las misma manera, en mi mente les decía, su mama no les dijo que no hablaran con nadie, pues háganle caso, pero nunca se los dije en voz alta.

Una cosa en la que jamás obedecí a mamá fue el no hablar con nada, esa parte fue grandiosa le daba vida a muchos objetos que volaban como en tiras cómicas, el caso es que no hable con nadie en el camino, mi boca se selló aunque vi pasar a muchas hermosas chicas, una de ellas me toca las nalgas, otra medio un beso y me abrazo, yo iba preparado con las armas que ellas llevan siempre.

"Tengo novia y la amo. Oyo!" les dije a cada una.

Todas ellas me miraron por cinco segundos fijamente, luego les dio un ataque de risa, a una de las más bonitas, le toco pedir un poco de agua a otra chica que pasaba.

La chica se quedó observándola, se contagió en un nivel leve de la risa, luego me pregunto.

"¿qué le paso?"

Yo me quede en silencio, no quería que también le diera un ataque similar, la mire a los ojos, le toque la mano, como para explicarle lo que había pasado, de repente ella se me lanzo, me beso de forma apasionada, yo la bese por tres minutos, luego utilice otra arma de ellas, le puse los manos en el pecho, retrocedí.

"Espera vas tan rápido, y a mí me gusta lento, además estoy comprometido," le dije

Conte los segundos en que ella se quedó mirándome sin decir nada, alcance a llegar al seis, cuando exploto en una carcajada, fue tan impresionante, que la otra chica quien ya se había logrado controlar, no aguanto y otra vez continúo riendo hasta caerse al suelo.

Mire la hora y me quedaban solo cinco minutos para llegar.

Ha ese paso no iba a llegar a tiempo, así que corrí como casi nunca hago, mire hacia uno de los lados y una chica con traje deportivo que la hacía ver muy atractiva, estaba corriendo a mi lado, me sonrió, pero yo le esquive la mirada y seguí derecho.

Pero ella utilizo un arma que nosotros utilizamos.

"Feo," me grito.

Inmediatamente me detuve me dieron muchas ganas de reír, pero me contuve.

"Esto se te cayo, feo hermoso," me dijo mientras me entrego la tarjeta que se me había caído

Yo no tenía con que agradecerle, ella lo supo, entonces me beso y me cacheteo.

"Pagos" me dijo y siguió corriendo.

Yo miré hacia el lado y finalmente había llegado, era un teatro enorme, cuando dije el nombre de la chica y mostré la tarjeta me dirigieron a una oficina muy elegante, me entregaron un micrófono inalámbrico, un folleto, y me dirigieron hacia el teatro por las puertas detrás del escenario.

"es tu turno," me dijeron

Me dirigieron hacia el escenario, estaba lleno de público, todos aplaudiendo,

"pero ¿qué hago?" le dije

"habla de lo que sabes, de lo que has aprendido" me dijeron

al principio me dieron nervios, pero luego recordar todo lo que había hecho, como llegue a descifrar el mensaje, también hable de los capítulos del libro que había leído, me salieron chistes que nunca había contado, me aplaudieron por más de dos minutos.

Al final del evento me dirigieron por un pasillo oscuro, las paredes tenían números fosforescentes, yo los estuve mirando detenidamente mientras las dos chicas que me acompañaban se cambiaban de ropa.

Esos números tenían los mismos dígitos, pero algunos parecían letras, después de varios minutos mis ojos veían correr a los puntos, volar a las comas, hasta que las chicas me sostuvieron muy cariñosamente, salimos en mitad a una fiesta donde todos estaban muy elegantes, apenas entre, cinco chicas se me acercaron.

"¿Nos podemos tomar una foto contigo?," me dijeron.

"¿Porque no?" les dije.

Una de ellas me abrazo, me beso en la boca con ternura, pero luego las amigas le dijeron algo.

"No seas tonta," dijeron después en coro.

Yo mire a las dos chicas que venían conmigo, ellas me miraron como queriéndome decir, firmales los autógrafos, pero yo no les veía donde firmárselos, ni tampoco tenía una pluma.

"Hágale," le dijeron las amigas a la chica.

Yo volví a ver a las chicas, a mis anfitrionas, ellas pusieron los ojos en blanco y me dieron la espalda.

Ahí comprendí todo, cuando vi todo el lugar estaba repleto de chicas muy guapas, todas me miraban como si quisieran escucharme decir algo, tal vez actuar, o ¿tal vez?

Claro, eso era lo que me decían ellas.

Hice un calentamiento previo, a algunas de ellas les dio risa cuando moví mi boca gesticulando, es uno de los ejercicios más eficaces para este tipo de eventos, a unas pocas les dio el ataque de risa nerviosa, movieron la cabeza como si estuvieran bailando rock pesado, otras como si hubieran visto alguna película de horror, pero otras en cambio estaban muy serias, solo me quede viéndolas, a cada una le dedique dos segundos de forma intermitente, cuando volvía a ver a una chica, ella tenía una prenda menos, paro cuando me sentí algo mareado.

En ese momento, mire a las chicas, a mis anfitrionas, ellas otras me hicieron ese gesto.

Era momento de actuar, y empecé a firmales los autógrafos, sudé como nunca lo había hecho en toda mi vida, varias de ellas querían llevarse mi lapicero, les pareció curiosa la forma en que escribía, me dijeron que era una forma muy particular, que tenía algo de magia.

Ahí me reí, pero pude controlarme no quería quedar como las chicas que tuvieron que echarse mucha agua en todo el cuerpo.

después de firmar demasiados autógrafos, que realmente no sé cómo lo hice, para quedar bien con todas, pero me salió perfecto, los números me habían ayudado también a perfeccionar mi caligrafía, mi estilo y mi puntuación.

Luego mis anfitrionas me dirigieron por otro pasillo estaba muy iluminado y elegante, ellas se sentaron conmigo en una sala muy amplia, yo me puse a leer el libro mientras me tramitaban el primer pago por divertirme en el escenario, descubrí otros títulos interesantes, así los tres días que tenía para resolver todo se han convertido en meses, he leído más de cien libros, de cada uno extraje una pequeña parte que he aplicado al acertijo, y estoy a uno solo número de averiguar toda la verdad.

y se dónde exactamente esta, ella tiene la respuesta, finalmente estoy preparado para verla a la cara de nuevo.

Allí estaba ella, como si lo supiera todo, estaba en el mismo sitio, a la hora señalada, con la pose que debería estar haciendo, muchas noches soñé como ella me mira en este momento.

Ella esta recargada en la pared número noventa y nueve, mirándome con un ochocientos ochenta y ocho, su blusa blanca deja ver disimuladamente el contorno de sus maravillosos senos, sus gafas sexys señalan el cero-cero.

¿Y sus labios?

Sus labios tienen el color del cinco, su minifalda negra sensual es el signo del tres, el mismo digito que me costaría meses en descifrar.

Por fin estoy cara a cara con la verdad, por fin puedo ver con la claridad del brillo de sus ojos.

Ella se queda mirándome mientras me acerco, no sé si se fijó que ahora soy diferente, que he cambiado también mi forma de caminar, de hablar, de percibir las cosas.

¡Si!

Acabó de darme la señal, de lo sé, el visto bueno para entrar en su vida, y así juntos desentrelazar nuestros acertijos ayudando a la humanidad.

¡Si!

Ella ya lo sabe, por eso me entrego los números, por eso lo hizo, por eso me escogió entre sus millones de seguidores, ese privilegio me lo gane con honores, también con las satisfacciones de muchas risas, de ojos brillantes, y de autógrafos dados.

"hola," le digo mientras le sujeto una de las manos.

Ella se sonrojó, creo que le ha impactado que hubiera resuelto el acertijo, porque se quedó en silencio.

"me llevo más tiempo de lo que pensaba, pero lo resolví," le dije.

Ella simulo no saber de qué hablaba, me gusta que se conserve el misterio, es parte del ultimo acertijo, lo sé, me he vuelvo muy perspicaz en esos detalles, por eso le entregue la hoja que me dio ese día con una carita feliz añadida al final.

ahí ella se dio cuenta de todo, me miro a los ojos como leyendo mis recuerdos, paso por las horas trasnochando, por los YouTubers, por las historias que contaron, por los melodramas que me ayudaron a encontrar el coraje, también se rio como si hubiera estado en clase o en alguno de los auditorios.

Su hermosa risa continuo por unos segundos más, yo esperé a que todo se calmara, no quería que le diera un ataque de risa loca y después le dije

"el digito tres fue el más difícil,"

ella me miro como si yo estuviera loco, eso me encanto porque es una señal que soy su único.

"¿llamaste a este número?" me dijo

Esa pregunta sin duda era con algún otro sentido.

"sí," le dije.

ella sonrió y se apartó.

"oye, lo siento, te di un numero falso, me tengo que ir," me dijo.

Sus mejillas enrojecieron y sus manos temblaron un poco.

Ahí lo supe.

Yo le atrape una de las manos, la sujete con fuerza y le hice dar un paso hacia mí, luego la bese, después me miro a los ojos, y ahí supo que lo había descifrado, ahí supo que yo era el único que lo había podido hacer, entonces me beso con la pasión de un amor verdadero.

58

Historias llenas de secretos, de enigmas, del misterio que se esconde en la letra de los poemas.
Tejido sensualmente en torno a emociones, sentimientos, sueños y deseos.

Gracias !

Espero que lo hayas disfrutado :)

www.JohnM3Frame.com